Paula Merlán · Pilar López Ávila

Rosalía
y el diente que no se caía

Ilustraciones de
Arancha Perpiñán

A Álvaro, por ser tan valiente cada vez que se le cae un diente.
A Pablo, futuro aspirante *mellico*.

Paula Merlán

A mis hijos, Miguel, Javier y Pilar,
que hace tiempo que dejaron de ser *mellicos*.

Pilar López Ávila

A Claudia, una *mellica* en prácticas muy fan
del Ratoncito Pérez.

Arancha Perpiñán

Paula Merlán · Pilar López Ávila

Rosalía

y el diente que no se caía

Ilustraciones de
Arancha Perpiñán

La pequeña Rosalía
mira dentro de su boca,
no la invade la alegría,
¡no hay ninguna pieza rota!

Agobiada, solo quiere
que algún diente se le caiga,
porque ser mayor pretende
aunque sea haciendo magia.

Cuando llega la mañana
se despierta ya con miedo,
y de un salto de la cama
va corriendo hasta el espejo.

¿Cómo puede ser posible
que se agarren con tal fuerza?
Es del todo incomprensible,
¡no hay ninguno que se mueva!

A su amigo Fran Gutiérrez
no le queda ni un paleto,
no da abasto el Ratón Pérez,
¡tiene el saco bien repleto!

A su amiga Alicia Presto
le han caído dos molares
y ha montado un club selecto
para peques singulares.

¡ARRRRG!

Rosalía, ¡pobre niña!,
grita, gruñe y patalea.
¡Que yo quiero ser *mellica*
aunque esté un poco más fea!

Pero un día y por sorpresa,
masticando una manzana,
nota el baile en una pieza
con salero y mucha gracia.

Es un diente delantero,
no es la muela ni el colmillo,
el que va a ser el primero
es, sin duda, el incisivo.

La pequeña mueve y mueve,
no consigue su objetivo.
Rosalía desespera.
¡Vaya diente distraído!

Desde ahora solo piensa
en las posibilidades
que resuelvan su problema
antes que le dé un *parraque*.

Una opción disparatada
es atar su dentadura
con gran fuerza a alguna cuerda
y lanzársela a la luna.

Una noche en la que el astro
luce espléndido en el cielo,
se levanta del camastro
a probar su experimento.

¡Ay, la cuerda, que es muy corta!
¡Ay, la luna, que es tan alta!
Va a pegarse la gran torta...
aterriza sana y salva.

Otro día, Rosalía,
se ata al diente un hilo fino
y el extremo se lo lía
a la moto de su tío.

Cuando ya la pone en marcha
y el motor está arrancando,
Rosalía, disparada,
va rodando calle abajo.

Su vecina la saluda
y se queda alucinada.
Rosalía ni se inmuta
pues al hilo va agarrada.

Al doblar calle Zurrada,
el hilillo se le rompe,
y termina espatarrada
en la tienda de deportes.

Y a pesar del golpetazo,
¡pobrecita Rosalía!,
este diente está amarrado,
¡no quiere dejar la encía!

No desiste de su empeño,
y a la hora del recreo
le pide a Luján Luceño
un favor un poco feo.

Que le pegue un balonazo
en el centro de los morros,
que lo haga sin cuidado
y que cierre los dos ojos.

Boquiabierta está Luján
de la extraña petición,
pero suelta sin piedad
un certero *patadón*.

Cuando observa la jugada
del esférico hacia ella,
sorprendida y asustada
se retira cual centella.

Atraviesa todo el patio
el balón, raudo y veloz.
Ya lo dicen en la radio:
¡Chuta a puerta y marca

GOOOOOL!

Y por fin llega el gran día
en que cumple siete años.
¡Qué contenta Rosalía
con amigos y regalos!

En lo alto de la tarta
siete velas encendidas,
de bizcocho, fresa y nata,
se relame Rosalía.

Coge el aire a dos carrillos
y formula su deseo:
Que ese diente que es tan pillo
se le caiga en poco tiempo.

Y al soplar con tanta fuerza
sale el diente disparado,
vuela sobre las cabezas,
¡todo el mundo alucinado!

La pequeña cumpleañera,
con los ojos muy abiertos,
ni siquiera pestañea
y disfruta del suceso.

Y a partir de ese momento,
Rosalía se da cuenta
de que empieza el movimiento
en el resto de sus piezas.

Los colmillos y las muelas,
también caen los incisivos,
los de leche van que vuelan,
¡llegan los definitivos!

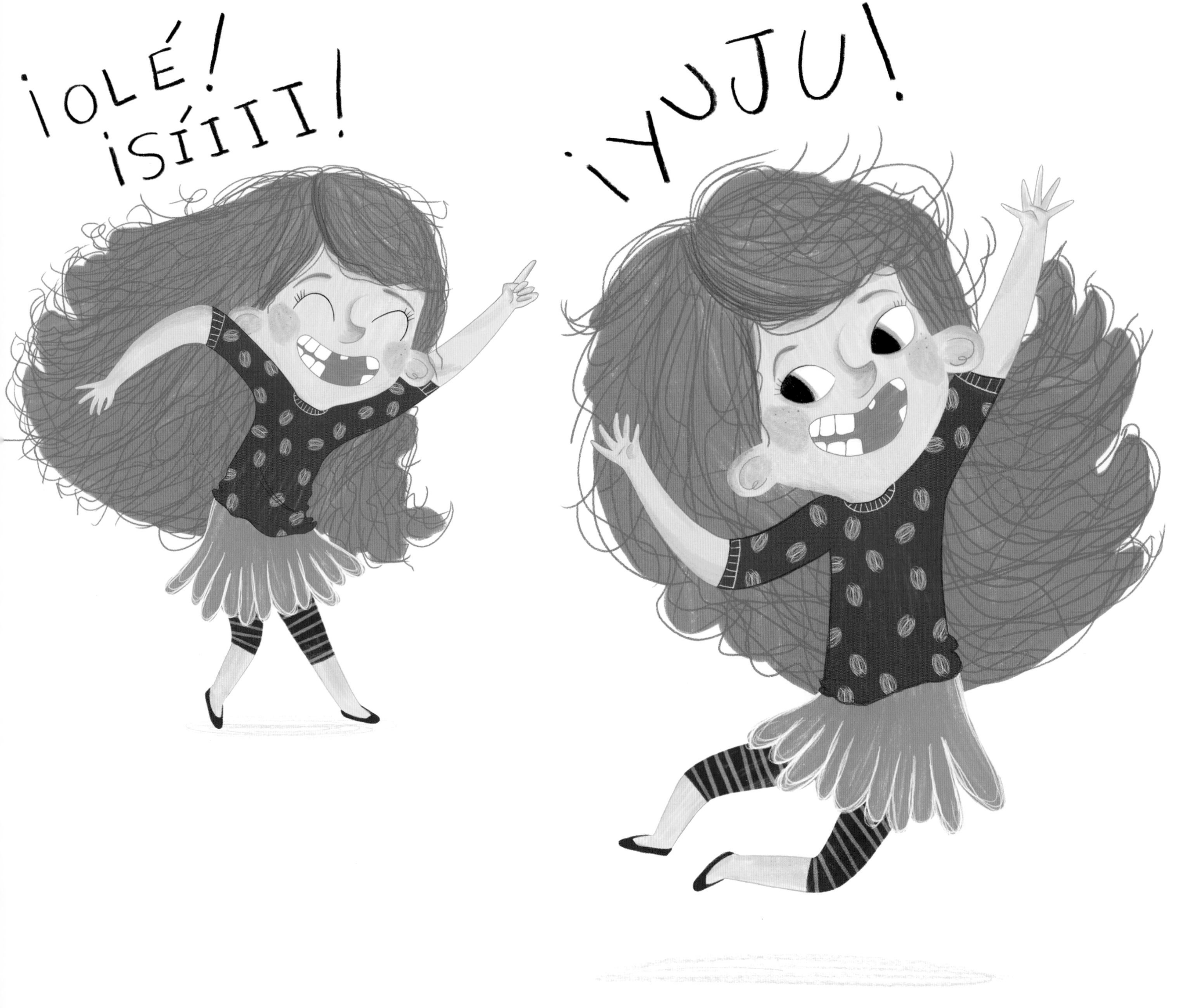
¡OLÉ!
¡SÍÍIII!
¡YUJU!

Rosalía, divertida,
grita, salta y aletea.
¡Que por fin ya soy *mellica*
aunque esté un poco más fea!

Diviértete y aprende con Rosalía

¿Qué le dice un colmillo a otro cuando tiene hambre?

—Estoy canino.

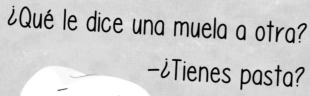

¿Qué le dice una muela a otra?

—¿Tienes pasta?

1

Los «dientes de leche» son 20:
8 incisivos, 4 colmillos y 8 molares.
Y salen, más o menos,
a los 7 meses.

2

Los primeros en salir son los dos
incisivos de abajo, que serán
los primeros en caerse
¡a partir de los 6 años!

3

Según se van
cayendo, los
«dientes de leche»
van siendo
sustituidos por
los definitivos,
¡que son 32!

Instrucciones para ser una auténtica *mellica* (o *mellico*)

Rosalía te propone varias opciones.

¡Elige la tuya!

¡Suerte a montones!

1.

QUE SE CAIGA UN DIENTE POR ARTE DE MAGIA

¿Qué necesitas?

Una varita embrujada. Si no es auténtica no te servirá de nada.

Un caldero de pociones. ¡Mucho ojo! Puede producir hechizos y divertidas sensaciones.

Una capa para aspirantes *mellicos*. Puedes elaborarla con ayuda de tus amigos.

Un saco de palabras mágicas. ¡Recuerda que han de rimar y ser muy prácticas! «Turulata, turulete, ¡quiero que se me caiga un diente!»

Habilidades

Déjate llevar por la creatividad. Has de usar tu imaginación.

Debes tener paciencia y siempre llevar a cabo tu objetivo con gran emoción.

Procedimiento a seguir

Ponte la capa, agita tu varita y prepara el caldero de pociones. Añade tus ingredientes y un puñado de emociones. Pronuncia las palabras mágicas de forma muy rápida. Aunque, si esta opción no te da resultado, pasa a la siguiente. ¡Mucha suerte!

QUE SE CAIGA UN DIENTE
CON AYUDA DEL RATONCITO PÉREZ

¿Qué necesitas?

Una hoja de papel. ¡Así escribirás muy bien!

Un lápiz afilado. Para expresar tu deseo más preciado.

Una goma de borrar. Si te equivocas podrás rectificar.

Un sobre con sello. La dirección del Ratoncito Pérez la pondrán en la oficina de Correos.

Un sillón muy confortable. En él pasarás un rato agradable.

Habilidades

Emplear buena letra será fundamental. No te olvides de hacer volar tu imaginación. Debes ser muy original y expresar tu deseo con pasión.

Procedimiento a seguir

Escribe una carta al Ratón Pérez explicándole que quieres que se te caiga un diente. Él la recibirá con mucha ilusión, pues los mensajes le molan un montón. Aunque es bastante probable que esté muy ocupado para responderte. Puedes esperar en el sillón mientras le echas un ojo a la opción siguiente.

¿Qué necesitas?

Un suspiro muy profundo, para tranquilizarte.

Un libro que sea muy divertido, para leer y durante un tiempo olvidarte de tus dientes.

Una mirada a tu alrededor, verás que hay otros niños y niñas que están en tu misma situación.

Una llamada al dentista (esto lo tendrá que hacer una persona mayor).

Habilidades

La paciencia seguirá siendo tu mejor aliada, un poquito de calma y, por supuesto, nunca perder la esperanza: ¡los dientes se caerán! Conocer el número de teléfono del dentista es una buena solución si has llegado a esta opción.

Procedimiento a seguir

Siéntate cómodamente en una silla de la sala de espera del dentista, abre tu libro y lee; suspira y tranquilízate. Fíjate en el resto de niños y niñas que esperan, habla con ellos y pregúntales qué les pasa. Cuando entres en la consulta, lo más probable es que el dentista te diga que, llegado el momento, tus dientes se caerán.

Papel certificado por el Forest Stewardship Council®

Primera edición: mayo de 2021

Printed in Spain – Impreso en España

ISBN: 978-84-488-5761-5
Depósito legal: B-2649-2021

Compuesto por Araceli Ramos
Impreso en Soler Talleres Gráficos
Esplugues de Llobregat (Barcelona)

BE 5 7 6 1 5